los árboles:
Pulmones de la Tierra

Barbara L. Webb

Rourke
Educational Media
rourkeeducationalmedia.com

www.rourkeeducationalmedia.com

PHOTO CREDITS: Cover: © JY Lee; Title Page: © james steidl; Page 5: © Ron Chapple Studios; Page 6, 18, 19; © Iakov Kalinin; Page 7: © Irina Igumnova; Page 8, 9: © Pavel Losevsky; Page 11: © Jan Rihak, © Photohound-Wikipedia; Page 12: © Peter Wollinga; Page 13, 15: © malerapaso; Page 14: © John Wollwerth; Page 17: © Melinda Nagy; Page 20: © Alija; Page 21: © Maica

Edited by Kelli Hicks
Cover and Interior design by Tara Raymo
Translation by Dr. Arnhilda Badía

Webb, Barbara L.
Los árboles: Pulmones de la Tierra / Barbara L. Webb
 ISBN 978-1-63155-033-1 (hard cover - Spanish)
 ISBN 978-1-62717-260-8 (soft cover - Spanish)
 ISBN 978-1-62717-464-0 (e-Book - Spanish)
 ISBN 978-1-61590-304-7 (hard cover - English) (alk. paper)
 ISBN 978-1-61590-543-0 (soft cover - English)
 ISBN 978-1-61741-161-8 (e-Book - English)
Library of Congress Control Number: 2014941506

Rourke Educational Media
Printed in the United States of America,
North Mankato, Minnesota

rourkeeducationalmedia.com

customerservice@rourkeeducationalmedia.com • PO Box 643328 Vero Beach, Florida 32964

Contenido

Los seres vivos necesitan oxígeno

Respira. Tus **pulmones** se llenan del **oxígeno** que aspiras del aire. Tus pulmones expulsan el **dióxido de carbono** que tú espiras. Cada segundo del día, necesitas respirar.

¿Sabías que los árboles también respiran?

Los árboles son los pulmones de nuestro mundo.

5

Los árboles toman del aire el dióxido de carbono que nosotros no necesitamos.

Los árboles expulsan y llenan el aire del oxígeno que las personas y los animales necesitan.

Si los árboles no respiraran, tú tampoco podrías respirar.

Cómo respiran los árboles

¿Cómo realizan esta función? Las hojas de los árboles tienen pequeños agujeros por debajo, llamados **estomas**.

Las estomas se abren durante el día y absorben el dióxido de carbono.

entra el dióxido de carbono
sale el oxígeno
estomas

El árbol produce su alimento con ese dióxido de carbono y el agua que absorbe por las raíces, gracias a la energía del Sol.

Dentro del árbol, la energía solar separa el agua y el dióxido de carbono. El árbol convierte estos fragmentos pequeños en el azúcar que necesita para alimentarse.

Los árboles en la selva son muy buenos respiradores. Ellos toman más agua y luz del Sol que otros árboles, por lo que producen más oxígeno.

Energía del Sol
Entra dióxido de carbono
Azúcar para alimento
Entra el agua
13

El árbol tiene también algo de oxígeno adicional que no necesita. La estoma se abre y el oxígeno adicional, sale del árbol. ¡Ahora tenemos oxígeno para respirar!

Energía del Sol
Sale el oxígeno
Entra dióxido de carbono
Azúcar para alimento
Entra el agua
15

La respiración de los árboles refresca nuestra Tierra

Los automóviles y las factorías producen demasiado dióxido de carbono al quemar gas y **carbón**.

El aire, con una gran cantidad de dióxido de carbono, atrapa el calor del Sol. Así, actúa como una manta, lo que mantiene a nuestra Tierra demasiado caliente.

17

Cuando los árboles absorben el dióxido de carbono, mantienen fresca a nuestra Tierra.

Necesitamos árboles

Necesitamos árboles en todas partes para mantener nuestro aire fresco y lleno de oxígeno.

Plantar árboles es una buena idea. ¿Dónde podrías plantar un árbol?

Prueba esto

Pide a un adulto que te ayude a hacer este proyecto.

1. Coloca una parte de una planta acuática en un recipiente hondo con agua.

2. Pon una jarra o vaso dentro del recipiente y deja que se llene de agua.

3. Pon la jarra boca abajo para que cubra la planta. No dejes que le entre aire.

4. Coloca la planta en un lugar soleado.

5. En un día o dos, observa cómo las burbujas de oxígeno suben hacia la parte superior del frasco que pusiste boca abajo. ¡La planta está respirando!

Glosario

carbón: un mineral de color negro que se encuentra bajo tierra y que las personas extraen y queman para obtener energía

dióxido de carbono: un gas invisible que es parte del aire de la Tierra y que las plantas absorben y las personas y los animales espiran

estomas: pequeños agujeros por debajo de las hojas de una planta que permiten que entre el dióxido de carbono y que dejan salir el oxígeno

oxígeno: un gas invisible que es parte del aire de la Tierra

pulmones: la parte del cuerpo humano que se utiliza para la respiración

Índice

Páginas web para visitar

www.treetures.com/

sites.ext.vt.edu/virtualforest/

www.inhs.illinois.edu/resources/tree_kit/student/index.html

www.arborday.org/kids/carly/

Acerca de la autora

Barbara Webb vive en Chicago, Illinois donde hay 3,585,000 árboles. Ella cultiva dos árboles en la terraza- azotea de su apartamento en el octavo piso. A ella le encanta escribir libros acerca de temas que despiertan la curiosidad de los niños, como por ejemplo: sobre los presidentes, el reciclaje y ¡los árboles!